ullstein

Das Buch

Seit ungefähr Adenauer kommt in jeder Samstagsnummer der *Frankfurter Allgemeinen Zeitung* ein Gedicht mit Erklärungen eines Deutschlehrers oder so was. Beaufsichtigt wird diese »Frankfurter Anthologie« von Marcel Reich-Ranicki; neben Lehrern dürfen aber auch befreundete Slammer ran oder richtige Professoren und jedenfalls Profis, die dann jede Strophe deuten und seitenlang leermelken in natürlich super hochsterilisierten Worten blablabla.

Weil dort aber nur deutschsprachige Dichter/-innen vorgestellt werden, ist es an der Zeit, den gleich hörenswerten Stimmen der ganzen Welt ein Forum zu geben.

Dies leistet die Offenbacher Anthologie. Sie hat den weiteren Vorzug, die Künstler auch bildlich zu präsentieren; und nicht minder erfreulich ist, dass hier gleichfalls die schlauesten Interpreten gewonnen werden konnten von A wie Hans Magnus Enzensberger bis Z wie Roger Willemzen.

Fünfzig Gedichte präsentiert dieser erste der auf 4000 Bände angelegten Sammlung, und schon er gewährt einen aufregenden Einblick in das knallbunte Abenteuerland der Dichtung, der Lyrik, der Poetry, Sie suchen sich was aus. Fünfzig Stimmen aus fünfundvierzig Ländern sind es, leise aus Schweden, laute aus Indien und vorlaute aus Afrika, erratische aus Rom und erotische aus dem Sauerland, unverschämte aus Wien und unverständliche aus Pusemuckel – Stimmen aber allesamt, die Sie, liebe Leserinnen und Leser, ein Leben lang verfolgen werden.

Der Autor

Thomas Gsella war bis 2008 Chefredakteur des Satiremagazins *Titanic*, schrieb ein lehrreiches Fußballbuch (»So werde ich Heribert Faßbender)« und zehn Bände meist komischer Lyrik, zuletzt »Nennt mich Gott« (Fischer 2008) und »Die Leiden des jungen Schiller« (Sanssouci 2009). Er lebt mit drei Frauen (6, 10, 43) in Aschaffenburg.

THOMAS GSELLA

Warte nur, balde dichtest du auch!

Offenbacher Anthologie

Nicht herausgegeben von
Marcel Reich-Ranicki

Ullstein

Besuchen Sie uns im Internet:
www.ullstein-taschenbuch.de

Meinen Eltern

Mix
Produktgruppe aus vorbildlich bewirtschafteten Wäldern und anderen kontrollierten Herkünften
FSC
www.fsc.org Zert.-Nr. GFA-COC-001278
© 1996 Forest Stewardship Council

Dieses Taschenbuch wurde auf FSC-zertifiziertem Papier gedruckt. FSC (Forest Stewardship Council) ist eine nichtstaatliche, gemeinnützige Organisation, die sich für eine ökologische und sozialverantwortliche Nutzung der Wälder unserer Erde einsetzt.

Originalausgabe im Ullstein Taschenbuch
1. Auflage Januar 2010

Fotos: Thomas Gsella, Tom Hintner, Christian Y. Schmidt, Ursula Schrenk, Streuf-Archiv, US Airforce, Vatikan, Frauke Weber.
In einigen wenigen Fällen konnten die Fotorechte nicht ermittelt werden, hier bittet der Verlag freundlichst um Meldung.
Umschlaggestaltung: semper smile Werbeagentur GmbH, München
Titelabbildung: Spectrum Photofile, Toronto, Canada
Satz: KompetenzCenter, Mönchengladbach
Gesetzt aus der Adobe Caslon
Papier: Pamo Super von Arctic Paper Mochenwangen GmbH
Druck und Bindearbeiten: CPI – Ebner & Spiegel, Ulm
Printed in Germany
ISBN 978-3-548-37305-8

An diesem Buch wirkten *NICHT* mit:

Jörg Bartel, Jens Bisky, Eva Demski, Bernd Eilert, Nadja Einzmann, Hans Magnus Enzensberger, Leonhard Fischer, Stefan Gärtner, Hermann L. Gremliza, Dieter Hildebrandt, Marit Hofmann, Ulrich Holbein, Hans Jansen, Elfriede Jelinek, Hermann Kant, Hellmuth Karasek, Daniel Kehlmann, Michael Lentz, Hans Leyendecker, Felicitas von Lovenberg, Ijoma Mangold, Hans Mentz, Martin Mosebach, Burkhard Müller, Fanny Müller, Günther Nonnenmacher, Andreas Platthaus, Iris Radisch, Tilman Rammstedt, Jan Phillip Reemtsma, Edo Reents, Friederike Reents, Joachim Sartorius, Dennis Scheck, Silke Scheuermann, Elke Schmitter, Dirk Schümer, Alice Schwarzer, Gustav Seibt, Thomas Steinfeld, Botho Strauss, Heinz Strunk, Susan Vahabzadeh, Jan Wagner, Urs Widmer, Roger Willemsen, Willi Winkler, Uwe Wittstock, Ror Wolf.

Ihnen allen dankt der Autor für die Erlaubnis, ihren Namen unter Texte zu setzen, die sie niemals geschrieben hätten.

AYAK KIMAUGRUK
NIKOLAUS

Tralala
Tralala
Dingeldong und
Upsassa

Tralala
Tralala
Bald ist Nikolaus'
Abend da

Bei keiner anderen Lyrikerin der kanadischen Arktis findet Melancholie als Nachweh kopernikanischer Entzauberung so scheinbar leichten wie just darum unendlich traurigen Ausdruck wie bei der elffachen Mutter Ayak Kimaugruk. Jedes ihrer sechs vom Ineriisaavik-Verlag edierten und von Dietmar Dath übertragenen Debütgedichte »Kalaallisut« (»Kinderlieder«) rezitiert auf den ersten Blick tatsächlich ein bekanntes Kinderlied. Kaum aber will sich der Lesende in ihnen, in Kindheit verlieren, befällt ihn Erschrecken: Zeilen, ganze Strophen fehlen, einst weltsagende Worte sind durch Füllsel ersetzt, liebstgewonnene Metrik kollabiert, als habe eine irrende Seele sich ein letztes Mal zu finden, zu retten versucht; und alles verloren. »Kommt ein Vogel geflogen / humba humba täterä / hat ein Zettel im Auto (?), von der Mutter ein Dings.« Radikaler kann Dekonstruktion nicht sein.

Dass er die Notate »im Schneematsch« gefunden und gegen den Willen der Kimaugruk veröffentlicht habe, betont der Verleger im Nachwort. Max Brods Missachtung von Kafkas Verdikt: Vorspiel und Vorschein eines noch größeren Stücks?

IRIS RADISCH

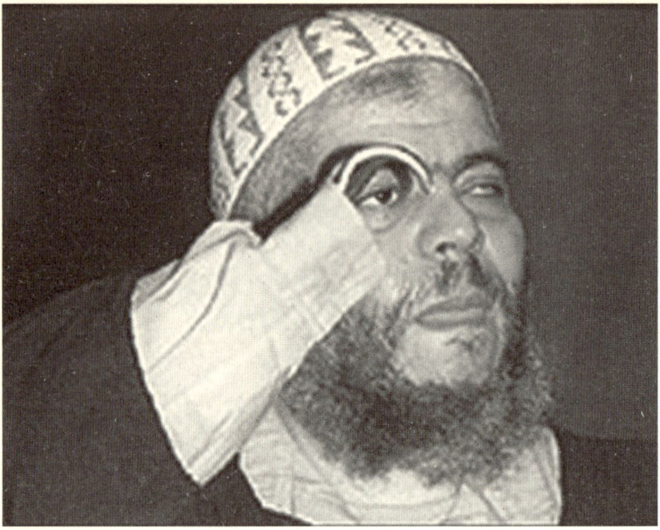

SCHEICH ABU MAZA EL-ASRI
PILLE PI UND PILLE PU

Pille pi und pille pu
Milch gibt uns die liebe Kuh

Pille pu und pille pei
Und die Henne gibt das Ei

Pille pei und pille paum
Lustig steht der Apfelbaum

Pille paum und pie-hie-se
Auf der grünen Wie-hie-se

Es heißt, wo er auftaucht und liest und spricht, ruft und flüstert, wo er seine Lieder brummt und piepst und seine Reime jauchzt und tanzt und hüpft, da jubeln die Kinder Afghanistans. In der Tat federleicht beschwört der in seiner Heimat als »Ringelnatz der Rechtgläubigen« gelobte Dichter und Zeichner eine gute, wahre und schöne Welt voller liebender Eltern, friedlicher Tiere und süßer Früchte. Ganze Gebirgshöhlen vermag der ansteckend fröhliche Scheich mit kleinen und großen Zuhörern zu füllen; und auch Letztere kreischen vor Vergnügen, wenn Abu Maza-el Asri auf die Höhlenwände stegreifzeichnet mit just jener lustigen Handprothese, die der im Nebenjob als Sittenwächter Tätige zum Halsaufschlitzen nutzt, denn von ihrer Arbeit zu leben vermögen auch im Hindukusch nur wenige Künstler.

HANS MAGNUS ENZENSBERGER

GUISEPPA UND ADAMO
STERBENDER PAARREIM MDXII

Es hüpft die Herrschaft und ihr Hund
Am Morgen und zur Abendstund
Im Tanze umeinander her
Denn beide mögen sich gar sehr
Quietschfröhlich ziehen sie ums Haus
Dann ist das Tagwerk beider aus doch
erst nach der herrschaft zer-
schlagung bricht ionisches glück
ins erlöste wort ins polarlichterne
proletariat

Im Sommer 2003 feiert das italienische Städtchen Rapallo ein rauschendes Fest, ein dionysisches Parlando, das in bacchantischem Furioso ausklingt: die Hochzeit des landweit geliebten wie ungleichen Lyrikerpaars Guiseppa diLorenzo und Adamo Zenga. Sie: Tochter einer vom Duce verbannten Mutter, sozialisiert in der euphorischen KPI der frühen Siebziger, vielmals geehrte Parteilyrikerin und führender Kopf des »kommunistischen Poststrukturalismus«; er: Sportlehrer, dann erfolgreicher Autor gereimter Kinderbücher voller heiterer, stets wertkonservativer Häschen- und Kätzchengeschichten. Vier gemeinsam verfasste Gedichtbände hat das nach mancherlei Fehlgeburten tragisch kinderlose und doch bis heute glückliche Paar seit seiner Heirat veröffentlicht, und bis heute sucht es, unter beispielloser Anteilnahme ganz Italiens, gemeinsame Sprache, verbindenden Ton, gelingendes *teamwork*: »Im Nil, im Nil / das Krokodil / schnappt sich ein Gnu / und frisst's im Nu / *nicht* auf weil es teilt sich's / gerecht mit anderen tieren«. Grandioses Scheitern, das Ewiges gebiert.

DIRK SCHÜMER

AMELIE BERISHA SCHMÖLL
WELTENRAUM XII: L

Langes Lama liegt langustig
Liebe leuchtet lila lustig
Luzifer lacht luftleer
Links

Langeweile leinelose
Lulatschluschen lommeläppe
Lurgte lrschn lotsch-
Lröxcl …

»Was ist denn das für ein Quadratscheiß?!« habe, so die Autorin kürzlich gegenüber Alexander Kluge, sie ein Reclam-Lektor gleich nach Durchsicht ihres ersten Gedichtes »Weltenraum I: A« gefragt und mit eben dieser Geistlosigkeit zur Auswanderung getrieben: eine Fügung, die sich als Hebamme von Weltliteratur entpuppte. Seit zwölf Jahren lebt die laut ihrem Förderer Horst »Hotte« Tomayer »lucid laszive Alliterationslautlyrikerin« nun inkognito an Albaniens Nordküste, wo sie ein Vermögen damit macht, bei heimischen Fischern erworbenen Fisch selbigen viel teurer zurückzuverkaufen. Erst dies verschafft ihr die Muße, per annum ein so hochartifizielles wie, Ausdruck tiefster Seinsskepsis, regelmäßig havarierendes Werk zu vollenden wie vor elf Jahren den mehrfach preisgekrönten »Weltenraum II: B«, der mit den bedrückenden Zeilen schließt: »Biene baut beglückte Brücken / Boa bietet bällebücken / Brätzke boglsch billpe / Bmpgtr …« Hoffen wir, dass sie im Jahre 2023, nach »Weltenraum XXVI: Z«, von vorn beginnen möge!

MICHAEL LENTZ

BARTOSZ WAŁĘSA
ABENDPRIESTER

Wenn ich dem erdachten Knabenchor
Selig lausche und des Vaters fromme
Lehren laut verkünde, ei dann komme
Ich mir wahrhaft wie Sein Priester vor.

Wenn ich mich gar wie Sein Priester kleide
Und das Wasser wandle in den »Wein«,
Hör' ich Seine Stimme: »Bartosz, fein!
Wir sind echt ein Superteam, wir beide.«

Was ist Wahnsinn? Verzweifeltes Verlassen der Bahn, Widerstand gegen unerträgliche Wirklichkeit. Was Identität? Laut neuerer Forschung nicht psychischer Normal-, sondern Glücksfall kohärenten Seelenlebens, gebunden an die Kurzepoche bürgerlicher Emanzipation. Die aktuelle Zerfallsform von Identität heißt Borderline und bedeutet Menschen, deren Ich sich konturiert einzig in halluzinativer Symbiose mit je anderen. Noch Günter Wallraff vermochte das Bedürfnis einem Ich zu integrieren; Bartosz Wałęsa, Wahlbruder des legendären Solidarność-Führers, scheint weiter. All sein Geld nutzt der Maschinenbauer, um seine Danziger Zweizimmerwohnung in eine barocke Kathedrale zu verwandeln mit Portal, Beichtstuhl, Orgelschiff et al., und die Hälfte seiner freien Zeit füllt er nun mit Messen vor selbstgebauten Holzpuppen, die »Wir bitten dich, erhöre uns« sagen können. Die andere Hälfte wähnt er sich Trainer des AC Milan; dann sieht und hört man ihn auf Danziger Suburb-Bolzplätzen einsam seine Verse rufen: »Mailand vor! / Noch ein Tor! Verlieren tut weh / olé, olé, olé!« Wer das banane findet, der werfe den ersten Stein.

ROGER WILLEMSEN

PJOTR AL AKSI
MORGENROT, FLIMMERND

erwachend in der wüste
des lebens atme ich
sand als getriebe
krabbelnd aus der sänfte
bestelle ich kaffee beim
träger. aah da geht's einem
doch gleich besser wie
vorher …

1985 wird al Aksi nahe Minsk geboren. Die ersten zwölf Jahre vegetiert er als »Müllmensch« auf Deponien, seine Wohnstatt ist eine dem frostigen Boden abgerungene Höhle, in der freilich erste Verse entstehen: »einen fernseher ein / leben haben / will ich aber / hab ich nicht / niente«. Günter Grass wird auf ihn aufmerksam und vergisst ihn wieder, dann die Wende: Im Juni 2004 verwechselt ihn die Moskauer Öl-Magnatin Olga Blomquist mit Maxim Biller, heiratet ihn und stirbt im ersten Ehejahr – der Junglyriker erbt und zieht als viertreichster Mann aller Zeiten nach Uelzen, liest Benn: »Nicht schlecht der Specht nur / 'n büschen crazy«, schreibt er ins »Norddeutsche Tagebuch« von 2005, das einen noch suchenden, nur zuweilen findenden, findigen Dichter zeigt.

Eine ungleich reifere Stimme atmet der von Rowohlt edierte Band »Dubai. Urlaub 2006«, worin der nunmehrige Scheich (er besitzt Mehrheitsanteile an allen Emiraten) einen Wüstentrip als verstörendes Pars pro Toto der *conditio humana* gestaltet: »zu sand / werden wir / denn was bleibt / letztlich von uns über? / nix!!!« – frostige Worte, in denen die einstige Müllmensch-Existenz überlebensgroß nachzittert. Gesamturteil: 3+

JOACHIM SARTORIUS

MARTÌN DE FERNANDÈZ
MEIN KLEINER KOLIBRI

Einst kamst du aus leichten Gefilden
Herunter aufs erdschwere Land,
Um mit meinem Arm, meiner Hand
Ein Dreieck aus Liebe zu bilden.
Du bliebest, als seist du nach Jahren
Am Ziel wie in dauerndem Traum.

Ich pflückte dir Früchte vom Baum.
Ich weiß nicht, wie viele es waren.
Du nahmst sie und zogst deine Schlüsse.
Ich weiß nicht, wie oft du erbrachst,
Und weiß nicht, warum du nie sprachst:
»Ein Kolibri mag keine Nüsse.«

Es hat etwas Verstörendes um dieses berühmte Liebesgedicht, dessen Schönheit so unbestritten ist wie, und hier betrete ich Neuland, sein Titel fraglich, sein Autor unklar und dessen Angaben zu Entstehungszeit und -ort des Textes irrig, wo nicht kalkuliert falsch. Geboren sei er, schreibt der Brecht- und Pessoa-Preisträger Fernandèz im Vorwort seiner *Lyrics Bolivarian*, »1930 in der kärgsten Hochebene Venezuelas, der Gran Sabana«, und 2005 nach Bochum gezogen, wo ich ihn jüngst besuchte.

Ihn? Der mir stolz das legendäre Foto überreichte, war keine 80, sondern 25 Jahre alt, an seiner Wohnungsklingel stand »Fernandèz, f.k.a. Olli Schöbel«, er war von überraschend weißer Haut und sprach so fließend Westfälisch, dass mir zuerst kaum auffiel, dass er kein Spanisch konnte. Auf der Rückseite des Fotos las ich: »2001, Zeltlager 12b, Aasee Münster«, und bald drängten sich mir noch andere Fragen auf: Woher diese Hautpigmentstörung überm Badehosenrand? Trägt der Dichter denn wahrhaftig eine Indiomütze? Und gibt es überhaupt so schwarze Kolibris? Recherchebedarf, ick hör dir trapsen …

HANS LEYENDECKER

BORIS LEPLOMOVIC
ZU KURZ ZU ENG

noch 8 Kilometer. ein schöner Mist
drei Stunden noch mindestens
wär ich Esel doch mit der Wattkutsche
gefahren so aber drücken meine
dicken Onkel in vier Nummern
zu kleinen und kreischend lilagrünen
neuen
Tretern!

Wohl kein Lyriker (re-)präsentiert die junge montenegrinische Dichtkunst so kraftvoll wie Boris Leplomovic. Der in Krk geborene ehemalige Ziegenhirte sattelte im Mai 1936 auf Gurken um, bevor er unterm Eindruck der als traumatisch erfahrenen Zerstörung Jugoslawiens versuchte, auf einen gebrauchten VW-Touran zu sparen. Sein 2006 erschienener erster Gedichtband »Erfolglos« (Hanser) fasst die Essenz dieser Jahre bereits mit der für ihn typischen und von seiner Frau harsch kritisierten »bitteren Akribie« zusammen: Dass zum Touran am Ende nicht mehr als »gottverdammte 123,60 Euro fehlten«, ist für den 132-Jährigen auch ein Menetekel für den Ist-Zustand des Planeten, ja der »Sauermilchstraße« insgesamt; »Alles Scheiße, deine Elli«, diagnostiziert das Titelgedicht.

Die hier zitierten Verse sind Leplomovics aktueller Sammlung »Druckstellen« (Herder) entnommen. In ihr verdichtet der bekennende Arsenal-London-Fan sein während einer Wattwanderung durchlittenes Leiden an versehentlich zu klein gekauften und auch farblich recht gewagten vermutlich Damengummistiefeln …

URS WIDMER

MARTHINUS ZOUTPANSBERG
ZUKUNFT FÜR SÜDAFRIKA

Denk' ich an unser Land zur Nacht,
Dann will mein Herze weinen.
Mir will die neue Zeit verkracht
Und gut die alte scheinen.

Ich als der letzte alten Bluts
Will niemals euch befehlen,
Ich bitte euch: Denkt nach und tut's
Zur Rettung eurer Seelen –

Macht ungeschehen, was geschah!
Nie war der Freud' so wenig.
Seht, liebe Neger, wieder klar
Und wählet mich zum König!

Dass es bei der letzten Wahl im April 2009 so knapp wurde für den ANC, lag auch an den fraglos gewinnenden Plakaten, mit denen die Nationale Afrikaans-Partei ihren als »letzten echten Buren« gefeierten Kandidaten Marthinus Zoutpansberg ins Rennen schickte. Immerhin zehn Prozent der weißen und achtzig Prozent der schwarzen Frauen machten ihr Kreuzchen beim Monarchisten und lebensfrohen Nachfahren des burischen Urvaters Jan van Siebeeck; und es wäre noch enger geworden, wäre der Partei Mandelas nicht der Nachweis gelungen, dass der gezeigte Strand nicht am Kap, sondern in Zoutpansbergs Wahlheimat Malaysia liegt, über die er einmal schrieb: »An keinem Ort, nirgends / ist der Shit so / hammer wie hier.« Vielleicht kann man aber auch wirklich nicht alles haben im Leben.

FRIEDERIKE REENTS

EL DUO VENECIANO
O WUNDERSCHÖNES LEBEN!

Ich hab im fahlen Mondscheine dich gesehn
Mein Herz blieb vor Liebe stehn
Wir küssten uns zweieinhalb Minuten lang
Im Einkaufspassagendurchgang

O wunderschön ist das Leben
Und es kann uns noch anderes geben:

Kaffee und Kuchen, Spannung, Sport
Die Beatles, yeah, Gesundheit und Frohsinn
Den Frühling, Freundschaft, Eisbären und
Vor allem Grundsicherung im Alter!!

O wunderschön ist das Leben ...

Was will, was kann das Gedicht? Erzählerisch ist es dem Roman, bildlich der Malerei, an Gestalt der Skulptur unterlegen. Als Spruch und Lied aber ward es Teil, wo nicht Form kollektiven Gedächtnisses, Volks Mund im emphatischen Sinne – und diesem wiederum hört niemand genauer, feinnerviger zu als zwei singende Essener Straßenmusiker, deren dritte Live-CD nun endlich vorliegt (Sony). Vieles vorgeworfen hat man El Duo Veneciano, das unter 4000 Euro/Tag tatsächlich ungern nach Haus geht: Anbiederung ans vorbeihuschende Publikum, dem es seine Texte oft blitzschnell anpasse, Geldsucht, ja »Arschlochgesinnung« (*Spex*); doch wann hätte Neid je Erfolg zu ergründen vermocht? Menschheitswünsche und -träume zu artikulieren, zu aquarellieren, auf dass ein Richtiges im Falschen leuchte, will nicht nur, es muss gekonnt sein.

JENS BISKY

TONY KEMPBELL
NA WARTET

einmal so einen
in die Finger kriegen
einmal voll auf die Zwölf
diesem Bush diesem Wurm
von Rumsfeld
einmal ins Nirwana prügeln
den Saukopp Cheney
zack boing klatsch

Dass Alter milde stimme, hoffen die Oberen von alters her und wissen, dass Unmildes unversöhnlicher sein mag als Jugend, deren Feuer sich nach dem Wind dreht. Bis ins Frühjahr 2004 lebte der in Seattle geborene Kempbell als Pfarrer bei den Amish, bevor er, wie er schrieb, »die Schnauze voll hatte / von diesen / Wichsern«. Auf einer blitzneuen Harley brauste er nach Kalifornien, machte eine Kneipe auf und veröffentlichte seither neun von der Kritik bejubelte Lyriksammlungen. »Dagegen war Bukowski ein Messdiener. Hut ab!«, urteilte die *Washington Post* über Kempbell und seinen letzten Band »Arschlöcher« (Edition Suhrkamp), in den neben deftig politischer freilich auch Naturlyrik Eingang fand: »Scheißköter, verdammte, wecken / mich mit ihrem bekloppten Gebell / das Gepiepse der Drecksvögel / auch kacke sind Katzen usw.« heißt es im dreißigstrophigen Hymnus »Schrotgewehr«, der mit den Zeilen schließt: »Die ganzen Mistviecher können mich / mal kreuzweise, fuck!« Seit George W. Bush hörte und hört man sie gern, diese neue Stimme des urbanen, widerständigen Amerika.

THOMAS STEINFELD

PHANTOMAS
AN EINEN OBEREN

Deins ist nicht Deines
Was Du auch hast
Bald ist es meines
Ob's Dir auch paßt

Ob Du auch schwitzest
Höre mein Wort
Was Du besitzest
Trage ich fort

Meist klingt es hohl, wenn Dichterlocken und Klägerkopf zusammenstoßen, und Schuld haben Erstere in weiß Gott seltensten Fällen. Im Herbst 2006 wollte die Opferhilfsorganisation »Weißer Ring«, in unheiligster Eintracht mit den Schiller-Erben, einen kleinen Gedichtband verbieten lassen, dessen Umschlag eine fahndungspolizeiliche Phantomzeichnung des Dichters ziert, und allen geschah recht, dass »Die Räuber« erst dadurch eigentlich bekannt und später in Hunderttausenderauflagen verbreitet wurden. Verkauft seien zwar, so der Berliner Verbrecher Verlag, bislang nur dreißig Stück; das Buch werde aber derart häufig gestohlen, dass man mit dem Drucken kaum nachkomme. Just dies mag der pseudonyme Künstler gewollt haben, wie wir im Fünfzeiler mit dem wiederum Schillerschen Titel »Die Gunst des Augenblicks« lesen: »Daß ein Buch Dir Freude schenket, / Wohl Dir und nicht Wehe, / und nicht Deinen Reichtum senket: / Ist der Händler abgelenket, / nimm das Buch und gehe.« Wer würde sich von diesem Räuber, von diesem neuen Karl Moor nicht lächelnd schröpfen lassen!

ANDREAS PLATTHAUS

JEANNE-MARIANNE GASPÈRE
JEUNESSE À REIMS 2005–2009

05
ach helft mir doch in meiner not
vor langeweile geh ich tot
06
warum zum teufel leb ich hier
ich sitze hier und langweil mir
07
ich wohne in der blödsten stadt
ich hab die langeweile satt
08
das leben ist ein schwarzes loch
und langweilt mich echt immer noch
09
für dieses jahr die zeile:
ich sterb vor langeweile

Weder vor noch je nach diesen Versen hat Jeanne-Marianne Gaspère sich lyrisch geäußert, und doch zählen diese lakonisch düsteren, wie in einer Endlosschleife gefangenen Worte zu den meistgelesenen der französischen Literatur: eine Erfolgsgeschichte, die im Sommer 2005 begann. Der 10. Juni war ein stiller heißer Tag, und wie immer saß die damals dreizehnjährige Gaspère nach der Schule im »Café de la Gare«, trank wie immer schweigend und gelangweilt eine Cola. Um kurz nach 14 Uhr aber sprach sie plötzlich laut und deutlich einen Paarreim, um gleich wieder zu verstummen – bis sie, am 5. August des Folgejahres, den zweiten Vers von sich gab. Die Kellner wurden aufmerksam, YouTube tat das Seine, und längst verbringen Lyrikfreunde aus ganz Europa Tage und Wochen im Café, hoffend, diese einzigartige *poésie publique* im Moment ihrer Geburt zu erhaschen. Welch ein Glück, welch ein Geschenk, wenn es gelingt!

FELICITAS VON LOVENBERG

BRUCE »BIRDY« WHORN
SICE DOES MATTER

Wie viel hundert Mal pro Stunde
Stieß ich an? Wie viele Beulen
Brachten mich wie oft zum Heulen?

Wie viel Mensch blieb von der Wunde
Die ich war? Wie viele Balken
Haben mich zum Tier gebogen?

Endlich bin ich umgezogen
Endlich kann ich aufrecht walken*

*(*engl.: gehen)*

Fast ein Jahrzehnt lang war er Star der Boston Giants und Inkarnation des *american dream*, denn tatsächlich als Tellerwäscher arbeitete der 1970 in die Bronx geworfene und von Geburt absurd lange Lulatsch (2,07 Meter maß er mit elf Jahren), bevor er über eine kurze Rapperkarriere zum Korbball fand, pro Saison über fünfhundert Dreier warf und zum hochbezahlten Helden wurde. Sein Fall war umso tiefer. Drogen, Rennautos und Sex ruinierten ihn, der Winter 1991 bedeutete für den unterdes zweieinhalb Meter hohen Whorn den Tief- und Wendepunkt: Er traf nicht mehr, er konnte und wollte nicht mehr, wurde gefeuert und zog 2003, verschuldet und verlacht, zu seinen deutschen Vorfahren in ein Trierer Fachwerkhaus, wo sein Martyrium begann. Es endete fünf Jahre später, als der Verein sich seiner erinnerte und ihm Obdach im berüchtigten »Giraffe Village« gewährte, einem Asyl für verarmte Exbasketballer mit so befreiend hohen wie entwürdigend engen Häuschen. Gleichwohl spricht schiere Dankbarkeit aus Whorns Gedichtband »Yippieh!!«, dem wir dieses erfreute und in der Anspruchslosigkeit seines Autors so traurige Gedicht entnehmen.

ROR WOLF

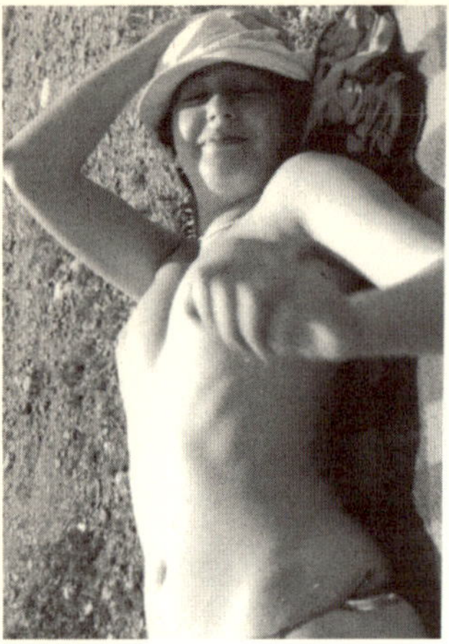 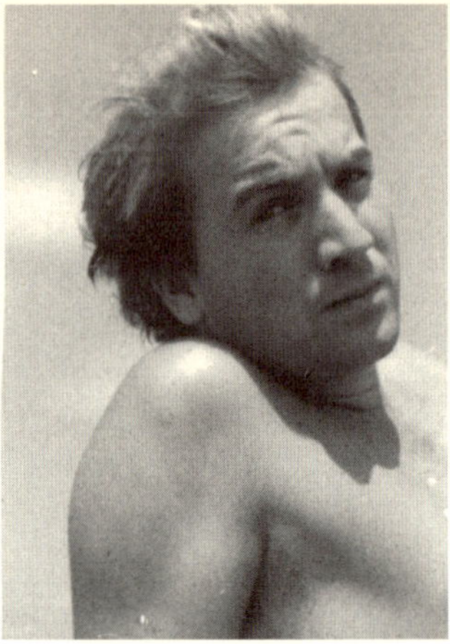

BIBI ÖLGRUND / HOLVAR GOLDSTRØM
HAWAIAN SUMMER

Zehn Milliarden Geld geerbt
Leben rosarot gefärbt
Liebe liegend leben lassen
Haut mit Haut erregt umfassen
Segeln, Schlafen, Surfen, Poppen
Poofen, Koksen, Spielbankhoppen,
Prassen zwischen Nacht und Licht –
Dir zum Lob, Welt, dies Gedicht!

Ins sozialdemokratische Norwegen der 1970er Jahre schlug es als eine Bombe, deren Druckwellen Jahrzehnte spürbar waren, wenn nicht bis heute sind: das »Manifest der Superreichen«. Sechs junge Autorinnen und Autoren, allesamt Milliardenerben der norwegischen Diamant-Oligarchie, wandten sich gegen eine Literatur, die in ihren Augen einseitig gesellschaftskritisch und gefangen war in einem Ton nörgeliger Weltanklage. Dagegen setzte die Gruppe ihren in allen Zeitungen und Sprachen Europas vierseitig geschalteten Aufruf mit dem deutschen Titel »Das Leben ist toll – Man muß es nur genießen«. Er fand, wie gesagt, disparate Aufnahme; Respekt sogar bei Gewerkschaftern und Kommunisten verschaffte ihm allerdings, dass im Text die Probe aufs Exempel durchaus gewagt wurde: mit obigem Acht- und einem nicht minder wohlgefügten Vierzeiler des Lyrikerpaares Ölgrund / Goldstrøm: »Nie verzichten, niemals darben / Komplett ausgesorgt zu haben / Geld wie Heu und Glück wie'n Schwein – / Leben kann so herrlich sein.« Schade, dass die Gruppe danach nie wieder von sich hören ließ!

FANNY MÜLLER

TUVA HAAKON
WIE DIE AMEISEN

Es wollte einst ein Wandersmann
Vom Norden in den Süden.
Doch sah man ihn schon weit vor Cannes,
In Hammerfest, ermatten.

Zwei Ameisen möchten in Ringelnatz' berühmtem Gedicht von Hamburg nach Australien krabbeln, ermüden auf der Altonaer Chaussee und beenden die Reise. Ist also, da es sich bei Hammerfest um die nördlichste Stadt Europas handelt, der Held unseres von Helmut Markwort übertragenen Kreuzreims ebenfalls nicht losgewandert? Was aber tat er statt dessen? Wann und wo? Wie lebte, wie dachte er? Dass er Sozialist war (ist?), scheint unwahrscheinlich angesichts seines exklusiven Ziels, aber wollte er überhaupt dorthin? Zwischen Hammerfest und Cannes liegt Zamość, der Geburtsort Rosa Luxemburgs; andererseits blieb er, wie gesagt, wohl einfach zu Hause. Ein Angeber? Nein; Idioten mögen sechstausend Kilometer laufen, er tat es nicht. Also eher ein Astrophysiker? Tatsächlich hat Hammerfest eine Sternwarte, gut ist aber auch die Bäckerei »Qa spiseri« in der Sjøgata 8; und Mattheit zählt zu den Essentials des Bäckerberufs. Ein müder Bäcker also kapituliert in diesen Versen des späten Tuva Haakon; doch auch andere Erniedrigte und Beleidigte dürften dem norwegischen Rennpferdzüchter und Gelegenheitsreimer danken für eine Kritik an Arbeitsbedingungen, die spontane Kontinentalwanderungen oftmals verunmöglichen.

DENNIS SCHECK

LIEUTENANT PETER BROWN
RETTUNG 46

Mein Kind, guck niemals unters Bett,
denn dort liegt schleimig schwarz und fett
ein Monster, das dich grinsend haut,
dir deine Lieblingspuppen klaut
und feste in dein Ärmchen beißt,
bevor er dir aufs Kissen scheißt.
Das Kind, das aber NICHT hinguckt,
wird von dem Monster angespuckt,
gepiekst getriezt gezwickt gezwackt
und schließlich auf den Kopf gekackt.

Ihn selbst schmerze seine Kunst wohl am meisten, sagte mir der Dichter erst kürzlich, und als er das sagte, zitterte seine Stimme. Seit der Trennung von seiner Frau, die plötzlich und wortlos ging, weiß der auf einem Flugzeugträger der Royal Airforce tätige Pilot Officer zuzeiten wahrlich nicht, wohin mit seiner Tochter, die er liebt und trägt, wann immer sie von ihm nicht weichen will. 300 Dezibel, so sagte er, entwickeln Kampfflugzeuge beim Start, und damit Lily nicht verrückt werde, singe er ihr, der über Funk mit ihm Verbundenen, zur Ablenkung Lieder wie dieses. Angst sei das älteste und stärkste Gefühl, sagte der mit dem renommierten »Children's Laureate« prämiierte Dichter und rezitierte, mit wiederum brüchiger Stimme, seine neue »Rettung 1002«: »Die unsichtbare Riesenspinne // Es wächst, sobald es dunkel ist, / ein Tier, das kleine Kinder frisst. / Kaum sind die Äuglein zugemacht, kommt es gekrabbelt, gute Nacht« – eine reine, eine selbstlose Liebe, die ihresgleichen nicht leicht finden wird.

SUSAN VAHABZADEH

POËZIE GROEP ENKHUIZEN
DIE MAITRESSE DES FRISEURS

Nichts von Gewicht geht um in jungen Hirnen,
Das wir nicht tausendmal gewogen hätten. //
Darum was Leichtes aus der Welt der Betten:
Wo Freier sind, da wachsen auch die Dirnen //

Geschenkt, du Stecher, sieh dir lieber Engel
Im Fluge an und lieb' die Welt wie sie //
Der Stamm »Infant« im Wort »Infanterie« – //
Zum Teufel mit derlei Partialgequengel,

Expropriiert die Expropriateurs! //
Nein, nein! (fleht die Maitresse des Friseurs)

Es ist eigentlich ein Kennenlernspiel: Jemand schreibt den Beginn einer Geschichte auf Papier und faltet es dann so, dass der Nächstschreibende nur die letzte Zeile oder auch deren zwei lesen kann. Herauskommt, zur Freude aller, am Ende ein überraschender, vielleicht komischer, stets aber hinreichend kohärenter Text. Dass dies auch für Lyrik gilt, beweisen knapp vierzig holländische Rentner, deren üppige Finanzausstattung Monaden zu Nomaden machte: Zum Teil seit 1990 tingeln sie mit ihrem Bus von Stadt zu Stadt, von Hilton zu Hilton, seit drei Jahren gruppenreimen sie, und ihr erster gedruckter Vierzeiler mag verdeutlichen, wie viel sie gelernt haben: »Ich liebe dich / Glaub ich nich' / Es ist aber so / Och«. Umgehend machten sie damals einen armen Venloer Poeten zu ihrem Zivi, heute erscheinen ihre Werke auch im Ausland: ein Beweis für das große Potential derart »betreuten Dichtens«.

HELLMUTH KARASEK

PAUL NINIAN HOWARD
NEAR JALALABAD

Gut Ding will Weile haben
Mammutbäume haben Weile
Die Geizeit – ich eile
Mal besser in den Schützengraben

Schuss, Knall und noch ein Schuss
Ich muss
Raus
Für heute
Leute
Aus

Drei Monate nach der Zerstörung des New Yorker WTC, im Dezember 2001, eroberten amerikanische Truppen das in die afghanischen Berge gehauene Höhlensystem Tora Bora und waren erfreut, statt Bin Laden einen guten Freund zu treffen: den auch in den USA äußerst populären australischen Extremdichter Paul Ninian Howard (48). Seit nunmehr drei Jahrzehnten klopft Howardsche Lyrik an die Grenzpfähle des Möglichen, indem sie in unmöglichen Räumen entsteht: in den Trichtern schwefelrauchender Vulkane, unterm Dach einer Turnhalle, in Kriegsgebieten u. a.; und keine Schule, kein College, da etwa Howards »Himalaya Elegy« nicht begeistert rezitiert würde: »viertausend: Kinderkacke / fünftausend: es geht doch! / sechstausend: Röschpekt / sextausigpfümpfhunert / is mir schlecht / sieben: Zwerge tralala sechs aus 39 mein … Ding … Hirnkastl … öch / achttaushulala hihi bröpffrrrr!« – feige möchte man all jene Dichter nennen, die aus ihren Stuben und Türmen, aus ihren Weimars und Berlins sich kaum je heraustrauten.

DANIEL KEHLMANN

BRANIMIR DUKIC
SEINS FEIER

Sonne auf dem Bauch
Lungen voller Rauch
In meinem
Pool
fühl ich mich
sauwool

»Radikale Subjektivität«, so betonte Karl Heinz Bohrer in einer Würdigung des hier abgedruckten Gedichts (*Merkur* 4/2008), »radikale Subjektivität, will sie formal sich manifestieren, muss schöpferisch umgehen auch mit dem Material aller Sprache, dem Wort.« In der Tat erschafft kein Vertreter der jüngeren kroatischen Lyrik so kühne Neologismen wie ihre unbestrittene Leitfigur Branimir Dukic. Seit dem Ende des Bürgerkriegs feiert der 43-Jährige, hörbar an Walt Whitman geschulte ehemalige UCK-Geheimoffizier und heutige Bauunternehmer das Leben, das Dasein eo ipso und a priori – wobei sein »Anti-Humanismus« (Foucault) nicht umhin kann, im von Adorno postulierten »kollektiven Unterstrom aller individuellen Lyrik« zu schwimmen: »Scheiß auf die / Loser. / Hauptsache, uns geht's / gold« – wie aus Versehen wird das radikale Subjekt hier Teil eines Wir, einer Gruppe, die der Lyriker in einem seiner seltenen Interviews als »Baumafia« beschrieb. Dukics neuer Band »Im Fundament versenkt« erscheint in diesen Tagen bei Fischer.

EDO REENTS

CHARLES SPENCER-CHURCHILL 13. DUKE OF NORFOLK
IF PIF PAF

Ach, wenn doch ich
Gleich mit dir schlief'
Ach, wärst du nicht
So konjunktiv

Ich nähm dich dort
Im Tannenbaum
Ich glaubs auf Wort
Ich selber kaum

Zwar steht er mir
Dann los, du Sau
Doch neben dir
Steht meine Frau

Und meine Mutter
Stimmt, das auch
Sie trug mich gern
In m e i n e m Bauch!

Sprichwörtlich ist die soziosexuelle Perversion des englischen Kronadels, doch keines seiner Mitglieder erlöst sie so offen und schutzlos ins Wort wie der seit einem Sexunfall einarmige Psychotiker und Sodomit Charles Spencer-Churchill (li). Nicht nur trägt er Frauenkleider so gern wie seine Mutter (re.) Herrenhemd und Halbglatze: Folgt man dem Gedicht, ist seine Frau (Mitte) auch sowohl Tochter wie Ehefrau seiner Mutter, die ihn seine eigene Gattin austragen ließ, wohl mittels einer Bauchhöhlenschwangerschaft, welche ihn, den Duke, schlagartig zur Mutter wie zum Bruder seiner Frau, i.e. Tochter und Schwester machte. Derlei mag man für Exzentrik halten – und erinnern, dass sie unter den Geburtshelfern großer Kunst nicht die schlechteste ist.

EVA DEMSKI

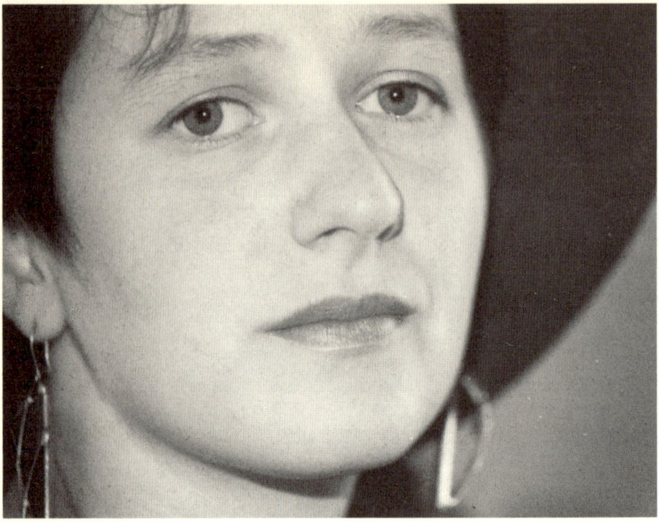

LUCY VIOLA SARTRE

WAS BLEIBT DAS NICHTS

Schön und Erfolg Reich
Tum und Tamtam
Schwitzend & schwatzend im
Tabernakel der Täter

Wer Gosse für Oben hält,
Leckt aus der Hand
Mir, der leer Voll-
Endeten. Ich bin jung
Und was anderes
Kommt da nicht mehr

Das Ende der Gattung liege in der Luft, schrieb Peter Rühmkorf wenige Jahre vor seinem Tod, und Signum von Endzeiten ist, dass auch apriorisch Hoffende, dass auch junge Menschen alle Hoffnung fahren lassen. Dabei schien der Weg der Berlinerin in ein gutes Ziel zu führen: das beste Landesabitur des Jahrgangs 2004, Studium der Journalistik und Philosophie in Harvard und Wuppertal, Abschluss mit summa cum laude, Koks- und Wanderjahre in Hamburg, Henri-Nannen-Schule, Volontariat beim Hitradio Sachsen, gefeierte Ausflüge ins Rotlichtmilieu, dann der Absturz: Das Fernsehen wurde auf sie aufmerksam, bei Phoenix und arte avancierte sie zum Star, im März 2010 wird sie nun Margareta Schlomka als Tagesschausprecherin der ARD ablösen. »Weil mir nichts bleibt / Will ich leben / Will ich sterben«, schreibt die Halbnichte Jean-Paul Sartres in ihrem ersten und, wie sie sagt, letzten Lyrikband »Scham«; und benennt so das Gefühl, mit dem die Menschheit einst in der Tat abtreten sollte.

DIETER HILDEBRANDT

THE DETROIT WORKERS
BYE BYE GM, HELLO RED WINE

und der Hai frisst seine Zähne
und wir trinken ein Gedicht
und der Löwe hatte Mähne
und wir hatten schetzte Licht
l-letzte Schicht höh! rotzbesoffen
und in Wein scheww – – scheww –
schewwimmt unser Lohn
Birne zu und Polen offen:
Nudelrolle w-wartet schon ♫♪

Zu dezidierter Arbeiterlyrik wie der deutschen, welche die kämpferischen Töne Heines, Herweghs und Freiligraths fortsingen konnte, brachte es Amerika nie. Seit dem Ausbruch der jetzigen Weltkrise hört man jedoch auch dort klassenbewusste Dichter und Dichtergruppen, deren Verse und Lieder allerdings vom Verlust der Utopie zeugen: »Uns hilft kein Kommunismus, nein / uns hilft allein der kalifornische Rotwein!«, liest man im zweiten und erneut millionenfach verkauften Buch der »Detroit Workers« – von denen es nun freilich heißt, in Wahrheit seien es kalifornische Rotweinbauern, die sich nur extra wie Arbeiter anziehen und benehmen. Ein dummer, böser Vorwurf, den auszuräumen der Titel ihres 2007er Erstlings eher ungeeignet scheint: »Weil du auch ein Arbeiter bist / kalifornischer Rotwein die Lösung all deiner Probleme ist!« hieß das von feudalen Großwinzern gesponserte Buch, das aber, und darauf kommt es an, traumschöne Verse wie diesen enthält: »Kalifornischer Rotwein / auf Bier / das rat / ich dir.« Der Rat sei gern befolgt.

MARIT HOFMANN

VRONI SCHUSCHNIGG-MOCK
DIESEN MEINEN ELTERN

Wenn ich was sage, sind sie still,
Um, wenn ich schweig, zu schweigen.

Sie geben, was ich haben will.
Und seit Oktober zeigen
Sie mir pro Tag ein dickes Vieh.

Den Stuhl hab ich alleine.

Wer Eltern hat, der möge sie
So ehren wie ich meine.

Im Mai 2009 las das kurz zuvor aus Wien verzogene Professorenpaar Schuschnigg-Mock den Wunschzettel seiner leicht blöden Tochter: »Halo zum älften Geburstak wünsche ich mir von Herzen das wir in ein Betonkasten des deutschen Sauerlands zien und dort immer im knuffigen Vorgarten sizen, unt eimal am tak mus ein dicker Hunt vorbeikomen!« »Aber, liebste Tochter, der Umzug war doch schon! Und das mit dem Hund geht klar«, antworteten die gerührten Eltern, dann der Schock: Die Tochter, wohl doch nicht blöd, veröffentlichte obiges Gedicht samt Foto im *ZEIT-Magazin*, und wie seitdem der Haussegen hängt, kann man sich denken! Versprochen ist aber versprochen und wird nicht gebrochen, und so organisieren die Eltern nun täglich einen dicken Hund für ihre Tochter, die, wie man hört, unter dem Pseudonym Michael Winterhoff das Buch »Warum unsere Kinder Tyrannen werden« verfasste. Ein Multitalent also, dessen Romandebüt nicht lange auf sich warten lassen möge!

PROF. ALOIS SCHUSCHNIGG-MOCK

CLEOPATRA ROQUE SANTA PLAYA
DU, DU, DU

Du, der Du mir Blumen schenkst
Du, der Du an mich denkst
Du, der Du imer bei mir bist
Du, der Du mich zärtlich küst –
Du, der DU mir nicht heiratest:
Worauf watest
Du, Du, Du?! :)

Dass gelegentliche, meist kleine Rechtschreib- und Grammatikfehler die Lesefreude nicht schmälern, gehört zur Aura jener seltsam verrätselten Verse, die die junge Kölnerin Cindy Hartwig seit nunmehr neun Jahren ins Netz stellt (www.herzträume.de). Mehr als dreißig Besucher registrierte der im Mai 2001 installierte Zähler, und wenn auch die Frage sich aufdrängt, ob denn die Gesamtauflage etwa Thomas Gsellas evident höher sei: Absichtsvoll meidet die unterm Pseudonym Cleopatra Roque Santa Playa publizierende Dichterin Hochkunst und Elfenbeinturm. Es sind, so ein frenetischer Wolf Biermann in der *Zeit*, »Gedanken einer Wunderin, eines Menschenengels aus Haut und Herz und Haar«, dessen schon früheste Gedichte durch ungeschützte Offenheit betören: »Wenn ich gros bin / will ich auch / Fernsehen kucken«, bittet Santa Playas Erstling, und im April 1997 notiert die kaum Zwölfjährige: »Mami steht am Herd / Mein Traum: ein eigenes Pferd!!!« Dass diese Autorin bis heute unverlegt ist, muss beschämen.

JAN WAGNER

MARIO HODLER
ZETTELSTRAUM 19

Lieb r Got , nim   hin
daß   Besond' es bin.
   gib   ei mal zu,
   ich klüg r   du.
Preis   mein Namen,
   sons se zt es   twas. Am n.

Wann immer die Menschen des ostschweizerischen Engadin über Lyrik reden, nennen sie den Namen Mario Hodler mit jener Melange aus Stolz und Verehrung, wie sie nur Nationaldichtern zuteil wird. Fraglich indes, ob der rätoromanische Autor davon weiß; ein einziges Foto zeigt den weltscheuen Künstler bei seiner Textarbeit, die Markenzeichen ist in doppeltem Sinne. Einmal im Jahr nämlich, nach dem ersten Schnee, schreibt Hodler ein Gedicht seiner Wahl auf Pappe, zerschneidet es in seine Wortteile, umbindet die Stücke mit Filzkordel und verteilt diese »Zeichen« an den Grenzmarken seines Grundstücks. Nach der Schneeschmelze im Frühjahr sammelt er auf, was Wind und Wetter übrigließen von Pappe, Filz und Wort – und ermöglicht dem Leser so ein unmittelbar sinnliches, sinnhaft erfassendes Begreifen nicht nur der Zeitlichkeit aller Kunst, sondern des Seins schlechthin: »Denn alles, was entsteht, ist wert, dass es zugrunde geht«, heißt es im »Faust«, dessen Anfangszeilen gleichfalls schon einen Hodlerschen Winter verbrachten: »Hab nu , a h! Phil so ie, / Ju ister i un Me zin, / Un leid r auc Theol gi ! / Du chaus studi t, mit heiß   B müh .« Laut weinen möchte man ob all der Vanitas.

HANS JANSEN

VINCE FISHERMEN GROUP
ZWEI XENIEN AUF WHITE CRAPPIES

Viele Stunden im Meer gestanden wie Leuchttürme nächtens.
Aber am Ende gesiegt: Seht diese dreizehn juchhu

Dreizehn ist aber blöd, denn leider, o fuck, eine Primzahl.
Schmeißen wir einen zurück, kriegen wir alle drei fünf …

Wo das Ich als formiertes global zugrunde geht, gerät Naturlyrik an ihr Verschwinden; kein steinernes Herz vermag den Fels zu besingen und keine verwehende Seele den Wind: So viel zum poetologischen Credo auch des jungen Jahrtausends, und so wenig schert sich darum der im kanadischen Edmonton geborene Bob Vince (Mi.). Seit dem April 2001 fischt er mit seinen Brüdern John und Jim den endemischen White Crappie aus dem Meer, im Mai entschloss sich das Trio zur Kunst. Als »Vince Fishermen Group« treten die begeisterten Junggesellen nun allabends am heimischen Meerufer auf, und Tausende Fans applaudieren, wenn sie, meist in Xenien, die Tagesbilanz rezitieren oder gar mehrstimmig singen. »Saßen still am Gestad' die Vince-Brüder Bob, Jim und John. / Gar nichts geschah stundenlang, aber dann plötzlich: ein Hering!!!«, liest man in ihrer von Armin Mueller-Stahl ins Deutsche übertragenen neuen Sammlung »The Idiots are back« (Sony). Sollte man haben.

SILKE SCHEUERMANN

FREDERIC TOYOTA-SHELL-SIEMENS-GAZPROM
AN DEN REICHTUM

Reichtum, gift'ger Teufelsfunken,
Balg aus Purgatorium,
Wir betreten schmerzestrunken,
Hölle, dein Martyrium.
Deine Lasten drücken nieder,
Ewig bleibst du ungeteilt;
Niemals werden Menschen Brüder,
Wo dein böser Flügel weilt

Gegner angemessener Leistungsentlohnung mögen diese Zahl ungern zur Kenntnis nehmen: Mit einem Monatseinkommen von 1,8 Milliarden Pfund wurde der bei Dubai residierende vierfache Alleinerbe zur Mitte des Jahres reichster Mann der Welt dank eines Glücks, das mit Können gleichwohl identisch ist: eine Ausbildung in den besten Internaten, eine kluge Heiratspolitik und vier geradezu schmerzhaft schöne Frauen, Billiardenerbinnen allesamt, die ihren Platz im Frederic'schen Harem nicht klaglos, sondern beseelt von Dienerschaft aus Liebe einnehmen, füllen, leben. Von schier märchenhaften Lustflügen im Privatjet hört und liest man immer wieder, von Exzessen überirdischer Wonne und tanzender, taumelnder Leidenschaft, besternten Feiern des Begehrens, deren Intensität, deren Sog und Zauber wir Ottos Normal-User uns nicht einmal vorstellen können – doch dann: diese Zeilen.

Sie verneinen Schillers Ode »An die Freude« und sprechen vom Leiden am Reichtum; hier möchte jemand geben und weiß, dass es nicht mehr geht bei so viel Haben. Erst neulich wurde dem 39-Jährigen, wie jedes Jahr, die Steuerschuld von etwa 7,5 Milliarden Pfund erlassen, Lasten, die diesen Dichter nun erneut niederdrücken, ungeteilt.

MARTIN MOSEBACH

STEVE WALTER MATTHEW
DON'T BLUFF, LITTLE CHILD

Runter vom Teppich, Ali
Nicht auf deinen Zehen
Auf deinen Füßen, Ali
Sollst du stehen

Ich weiß das kann hart sein
Von Fall zu Fall
Doch glaube mir: Klein
Sind alle überall

Der erste Kinofilm meines Lebens hieß »Der kleine Dieb von Bagdad«. Man schrieb das Jahr 1966, ich war acht Jahre alt und sah, gebannt von Angstlust, die riesigen Spinnennetze, in denen sich der kindliche Held verfing, und seinen fliegenden Teppich, auf dem er allem Schrecken entkam. Bagdad erschien mir als Weltzauberhauptstadt, und gewiss sah auch der texanische Reporter und Lyriker Matthew einst diesen Film. Warum sonst bewarb er sich als *embedded journalist* für den amerikanischen Irak-Feldzug, und warum sonst übernahm er, der in Recherche Geübte, die wohl schönste Aufgabe innerhalb des kämpfenden Heeres: herauszufinden, ob ein Iraki unterhalb der »Feindgröße« von ≥ 1,15 Meter blieb und somit als schonenswertes Kind gelten konnte. Wie aber Kinder so sind, wollten viele »schon groß« sein, stellten sich auf Zehenspitzen und wurden erschossen, ein Problem, das Matthew zu lösen gedachte mit obigen Zeilen, die er überm Kriegsgebiet abwarf – in einer gewagten Auflage von 700 Stück und dem selbstredend besten Englisch, das man sich denken kann.

JÖRG BARTEL

BRINDUSI SORANA NEACSU
VOM UND ZUM KUCKUCK!

Nie aufgegeben. Nie
indifferent geworden. Nie
das Handtuch geworfen. Nie
die weiße Fahne geschwenkt. Nie
einen Fußbreit den Herrschenden. Nie
auch nur eine Stufe zurück auf dem Weg. Nie

auch nur im dunkelsten Schlafe erwogen: Sie
unsre kleine Ana, lasse sich taufen. Sie
unsre Enkelin, gehe, ich bitte Sie
zur christl. Kommunion! Sie
bekam uns zu spüren. Sie:
Werkzeug der HäreSie

Man neige den Kopf zur Rechten und schaue mit halb geschlossenem Auge auf diese 1970 veröffentlichten Verse … und schon sieht man die geschwungene Spitze jenes Füllfederhalters, mit dem die rumänische Kommunistin ihrer vom linken Glauben abgefallenen Nichte, wie sie später neckend schrieb, »den Rücken akupunktierte«, derweil ihr Mann und Kampfgefährte Nicolae die Hand des Mädchens »drückte mit aller Kraft unserer Arbeiter und Bauern« – und so weiß man nicht recht, mit wem man tiefer fühlen soll und will in dieser exemplarisch konkreten Poesie der einstigen Parteioberin Neascu. Lesen sollte man die vom Wagenbach-Verlag besorgte zehnbändige historisch-kritische Gesamtausgabe aber allemal, schon wegen der zahlreichen und sorgfältig erläuterten Fotos, die den Leser so tief wie schonend in diese »gute alte Zeit« zurückversetzen.

ALICE SCHWARZER

TIL SÖRENSEN-SARKAWI
HALLO, HIER BIN ICH, CHEF!

davon, lieber Chef von al-Qaida
träum ich echt immer wida
mich innerhalb großer Mengen
von Kreuz- und Pendelzüglern
in die Luft sprengen
auch auf die Gefahr
hin
dass ich dann auch tot
bin
Laden!

Für Spott braucht nicht zu sorgen, wer für die Unterdrückten kämpfen will mit Schwert und Wort, und umso mehr, wenn man zunächst tatsächlich alles falsch macht. Statt nach Kabul flog der Bremer Konvertit Sörensen-Sarkawi ins pfälzische Landstuhl (!?), statt eines sunnitischen Turbans trug der ehemalige Türsteher eine sumpfgrüne Tischdecke – und als er mit seinem zehnseitigen Bin-Laden-Zyklus »Was Dschi had, das hat ER auch!« dann doch ins pakistanische Grenzgebiet gelangt war und ihn Bin Laden überreichte, reagierte der Besungene »eher so mittel«, wie der Lyriker im *Neuen Deutschland* beschrieb: »Ich gab sie ihm. Doch er verstand kein Wort / und schickte mich fort / seufz!« Ein *choc*, gewiss; doch Antrieb gleichermaßen: In diesen Tagen erscheint Sörensen-Sarkawis neue Sammlung »Bomben und Schokolade«, ein Opus Magnum mit Versen wie diesem: »Wir sind alle / So Nieten/ hier und überall / sadr …« – todkühne Bausteine einer neuen *litérature engagé* sind es, Gedichte gegen den Frieden; vor denen al-Qaida die Augen nicht auf ewig wird verschließen können.

GÜNTHER NONNENMACHER

PYNCHON? OLD SHATTERHAND?
DER PANTHER

Lang übt im Geist der nach Gefahren Fragende
Den Sprung vom Boote, das ihn sicher trug.
Doch dann, wie ohne Grund, ist es genug:
Er tut den Schritt vom Zagenden ins Wagende.

Und zwischen Flug und Fall die nicht zu sagende
Urtiefe Angst. Sein Blut pocht feuerheiß
Wie eines jeden, der nicht länger weiß,
Ob dies ein Sprung vom Tragenden ins Tragende

Und nicht ins Nichts ist, das den Körper frisst.
Ging' es nach ihm, er blieb' in dieser Stelle
Wie einer, der in Stein gehauen ist.

Doch über zwanzig Zentimeter misst
Schon bald der Abstand zwischen Knie und Elle.
So fliegt nur der, der sich im Flug vergisst.

Rund um dies Sonett, um dieses Spiel spielt jeder mit verdeckten Karten. Der große Unbekannte Thomas Pynchon, heißt es, habe diese Verse aus dem Holländischen übertragen; ihr Autor freilich, laut Pynchon nennt er sich Old Shatterhand, beharrt auf dem genauen Gegenteil: Nicht er, sondern »der Waschlappen« Pynchon sei auf diesem durchaus kompromittierenden Schnappschuss zu sehen, eine Behauptung, die Pynchon inzwischen gerichtlich anficht: Noch nie habe er einen »derart albernen Köpper« ins Ijsselmeer hingelegt wie eben Old Shatterhand, der übrigens in echt Michael Ondaatje heiße; er hingegen, Thomas Pynchon, sei der mit dem muskulösen Rücken – wie auch immer: Eine hübsche Rilkiade ward uns da beschert, und wir, die Leser, sagen tausend Dank.

UWE WITTSTOCK

KRZYSZTOF LEWANDOWSKI
CATHEDRAL ERECTED

Würfelnde Götter der Quanten
Horizont weit unterm Licht
Von Multiuniversen spricht
Man unter Verwandten
Primzahlen Takt des Genoms
Seneca Marx Baudrillard
Am Fuß des Regensburger Doms
Spiel ich Taschenbillard

Im März dieses Jahres wurde er sieben Jahre alt, im selben Monat gewann er seinen hundertsten Poetry-Super-Slam: Dem polnischen Wunderkind Krzysztof Lewandowski eine glänzende Karriere voraussagen »heißt Spatzen durch Triumphbögen schießen« (Bernd Eilert). 2003 in Lublin geboren, wurde Lewandowski mit einem IQ von 390 in den Hochbegabtenclub Mensa aufgenommen, übersprang drei Kindergeburtstage und kam von der Krabbelgruppe direkt ins Warschauer Elitegymnasium, das er nach Jahresfrist Richtung Oxford verließ, um im Frühling 2007 über die »Aporien magnetischer Monopole« zu habilitieren. Im Sommer erscheint nun sein neuer, von Jan Phillip Reemtsma übertragener Lyrikband »Spiel auf Raumzeit« (Residenz Verlag), dessen Autor, längst gereift, leichthändig mit Anarchisch-Kindlichem spielt: »Wenn ihr auf Schokonüsse steht: / Die gelben sind die leckersten! / Von allen Farbenlehren geht / mir Goethes auf den Weckersten« – den teils allzu gelahrten Sound des 2004er Erstlings »Bosonen-Tango« lässt so etwas erfrischend hinter sich. Keep on rhyming, genius babe!

BOTHO STRAUSS

LENXIAN UND KARLHEINZ CHAHONG-ZIPFEL
WORTWUNDMALE, INTERKULTURELL

Das ist ein Ding, das (k)einer voll aussinnt,
Und viel zu grauenwong pong: ping!
Singsing all right –
Yeah, Baby Blue …

… Als dass man klageleng: hongkong
Chi-Pass Pe: King (Louis) Quattorze –
Don't ask, don't wonder, folks
We R O. Kay –

Die Umkehrung der weltpolitischen Rollen Deutschlands und Chinas lässt sich auch an dieser Zahl festmachen: Heute ist jede/r fünfte Experimentallyriker/in Chinas zugewandert, und mehr als ein Drittel von ihnen aus Deutschland. Zwar mag, von Fall zu Fall, Liebe den Ausschlag gegeben haben oder der gute alte Ruf der Ferne; ursächlich dürfte aber gleichfalls die deutsche Unart sein, wahrhaft gewagten = genauen Umgang mit Sprache trotz oder gerade wegen Stefan George ff. allzu leicht als spinnert abzutun. Von der deutschen Literaturkritik »praktisch tot: zu Tode! geschwiegen / WANDerten wir aus / Hitlerstate!«, schrie(b) das auch in China völlig unbekannte Lyrikerpaar Chahong-Zipfel, dessen jüngste Veröffentlichungen neben den zwei Muttersprachen immer öfter auch das Englische nutzen, etwa im schneidend scharf beobachteten Zweizeiler »More than probably«: »Stone / on / stone / Stein / auf / Stein: / That may the Chinesische Mauer sein«. Fürwahr!

BURKHARD MÜLLER

LJUDMILA POKROVSKAJA
TRAG NICHT, WAS DU TRÄGST

Sei: mit ihm eins
Sei: dieser Haut das Blut
Sei: diesen Federn der Aar
Sei: diesen Schuppen der
Wendige Hai
Trag, was du bist, sei:
Was du trägst, und sieh:
Diesen Mann und zieh:
Dich schön für Ihn an

Keine Lyrikszene der globalen Metropolen ist derzeit so produktiv und innovativ wie die jüngere Moskaus. Viel geht die Rede vom politisch-merkantilen Selbstbewusstsein der postkommunistischen Eliten; wenig indes von ihrem künstlerischen. Dieses Manko behebt nun ein von Ron Winkler edierter Band mit Übersetzungen zahlreicher Stimmen dieses neuen Russlands, und zu Recht viel Raum okkupiert darin deren wichtigste: die 26-Jährige, gleichwohl jünger aussehende Ljudmila Pokrovskaja (re.). »Selten kommen Modeessentials so tough daher«, urteilte eine begeisterte Rebecca Casati im *Kaufhof-Magazin*, und auch die eher unionistisch fixierte *Frankfurter Rundschau* sah eine »gut gelaunte Erbin« am Werk, kurz und in den Worten der Pokrovskaja: »Gib nichts auf / die Stimmen der andern / Lasse dich ein / kleiden und gut / Die macht was / falsch die mit Flipflops bergwandern / tut«, schreibt sie in ihrer aktuellen Sammlung »Oligarche Noah« (Droemer Muschi), die mit den Zeilen endet: »Mit samtweicher Haut / fit in den Tag.« Wer wollte da widersprechen …

HERMANN KANT

COINNEACH GABHAN
FONDLING HIS PUPILES

Die nur durch seine Worte hörend sind
Und auf der Welt allein durch seine Hand.
Und wie ein Mann ein mutterloses Kind
Ins Leben nahm, so hat er sie benannt.

Und an den Namen rankten ihre Wesen
Sich je empor, verschieden und doch gleich.
Und heißt ihr Glück: in seinen Gesten lesen,
So macht das Ihre einen Armen reich,

Der sich als Mensch nicht weiß: Ich sehe in
Den Augen meiner Hunde, ob ich bin.

Seit zwölf Jahren sitzt der 1950 geborene Coinneach Gabhan im Gefängnis seiner – welch ein Wort für dieses Leben! – Heimatstadt Kirriemuir am Rand der schottischen Highlands, und genauso viele Lyrikbände veröffentlichte er im Edinburgher Cabar-Verlag. Denn nichts als das Schreiben blieb dem menschenscheuen Polizeihundausbilder, nachdem er, dessen Mutter bei seiner Geburt starb, am 12. 3. 1996 nicht weniger als dreißig scharfe Doggen auf fünf Gerüstbauer hetzte, die selbige frühmorgens aus dem verdienten Schlaf gewummert hatten – ein mörderischer Ausbruch, nachtdunkle Tat, unverstanden von ihm selbst wie vom Richter, einem Duzfreund, der ihn weinend zu lebenslänglich verurteilte. Noch leben seine Hunde mit ihm in der Zelle, doch sie altern schnell, und bald können wir für Gabhan nicht mehr tun, als diese schönen, diese schrecklichen Gedichte zu lesen.

NADJA EINZMANN

THOMAS MANN
CARLA, **ICH** UND HEINRICH

Die Schwester fein, der Bruder stolz
und ich in ihrer Mitten
so wie der Stuhl von anderm Holz
ein Knab' von andern Sitten.

Zur Linken lächelt Carla schier
von Argwohn unbenommen.
In meine Quere wird sie mir
nicht können und nicht kommen.

Dem Arsch zur Rechten gönne ich
noch manche hohe Hürde.
Denn fiele er, gewönne ich
an Größe wie an Würde.

Das schmale lyrische Œuvre Thomas Manns galt als gehoben, katalogisiert und abgeheftet. Kaum ein Dutzend Gedichte hatte der junge Autor verfasst und diesen Ausflug schnell beendet, zu epigonal erschienen ihm die zwischen Storm- und Heine-Adaption wechselnden, meist hölzernen Verse, die keineswegs vermögen, was Mann'sche Prosa vermag: epochale Weltentwürfe zu erschaffen mit einer Noblesse und Élégance, die ihresgleichen suchen. Umso sensationeller die 2006 gemachte Entdeckung von Thomas Manns erstem Gedicht, verfasst im Frühjahr 1883: Nicht nur reicht es gleichfalls kaum an »Zauberberg« und »Butt« heran, nein, es zeigt den späteren Nobelpreisträger und global gefeatureten Ironiker in der Larve eines achtjährigen Sauschwengels und Geschwisterbashers, dass einem in der Seele graust, hey ho. Graust, hüpft und frohlockt! Hurra!, möchte man schreien, so ein frühgeschliffener Sack und Kacker war der! Schlimm.

GUSTAV SEIBT

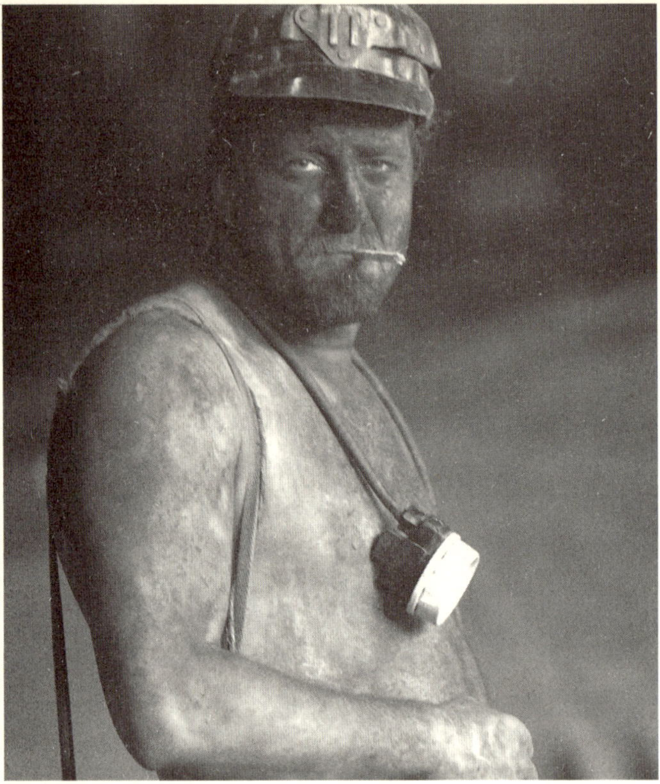

POMMES
SACH GETZ NIX VON DIE DA

Komm mich nich mit die da oben
Allet Sklaventreibers
Ich bin Pommes! Geh auf Schalke
Mit zwei geile Weibers

Will von die bloß kein Gemecker!
Haltense die Klappe
Currywurst rotweiß is lecker
Inne weiße Pappe

Seit Georg Lukács' Roman »Geschichte und Klassenbewußtsein« wissen wir, dass das Sein das Bewusstsein nicht nur bestimmt, sondern geradezu de-, ja »überdeterminiert« (Kohl). Wie kein anderer Reimfürst nutzt diesen Umstand der als »dichtender Steiger« bekannte Gelsenkirchener Erwin Günter Katschulski: Seit nunmehr drei Jahrzehnten publiziert er unter Pseudonymen wie »Pommes«, »Flözgöthe« oder, zuletzt, »Grün Durstschwein«, eine dezente Anspielung auf den schweinedicken Walser, wie Pommes mir in einem persönlichen Gespräch verriet. »Pommes«, lobte jetzt auch Gremliza, »schreibt an gegen die zum Teil ungerechte Lohn- und Honorarverteilung in der Wirtschaftswelt«, und in der Tat: Bereits in seinem ersten Band »Hömma, hömma« (Klartext 1970) heißt es: »Hab kein Schloß nich, kein Gaul / war aber ebend nie faul / gewesen« – und fast wortgleich dreißig Jahre später, im jüngst bei Knaur erschienenen Polit- und Liebeszyklus »Komm ma bei mich bei«: »Immer nur malocht und arm / glaub, die nehm uns aufm Arm«. Kopf hoch, Flözgöthe Pommes!

STEFAN GÄRTNER

BEACHLITERARISCHES QUARTETT
EIN ERSTER LETZTER TAG

Wie glitten wir beglückt in jenes Wasser,
Aus dem das Leben wuchs, das uns erschuf.
Wie jung wir waren und wie alt der Ruf.
Wie wurden wir mit jeder Welle nasser.

Wie schritten wir nach Stunden, als ein blauer
Mondwarmer Hauch kam, wollend aus dem Meer.
Wie leicht das Atmen und zugleich wie schwer:
Wie zog uns unser Fleisch nach all der Dauer

Dies großen Tages hin zum Fleisch der Wachteln.
Nur Bessing nicht. Der wollte Krabben spachteln.

Fünf Männer entsteigen dem Meer, von »Quartett« spricht der Titel – ich möchte ausholen: Im Jahre 1999 erklärten sich im Berliner Hotel Adlon die Autoren Joachim Bessing, Christian Kracht, Eckhard Nickel, Alexander von Schönburg und Benjamin von Stuckrad-Barre zum »Popliterarischen Quintett« und schrieben die Glossensammlung »Tristesse Royale«. Kurz darauf zerschlug sich die Gruppe unter den Augen einer desinteressierten Öffentlichkeit und wagte aber, am 23. August 2009, auf der französischen Île de Ré einen Neuanfang. Er misslang. Nach rundweg harmonischem Baden entzweite sich die Gruppe erneut, diesmal über der Menüfrage: Bessing (re.) mag keine Wachteln, wollte Krabben, ein Wort gab das andere, dann das *drama finale*: Noch am Abend reiste Bessing ab, das übrige, das verlassene Quartett aber schrieb ein Monument des Scheiterns, wie es wohl nur alle hundert Jahre eines gibt. Wir lesen und bedauern.

WILLI WINKLER

SCHNUCKI
OHNE TITEL

Sitzen   Stein
Nichts   Los
Gabi lieb

[Immer] Allein
Rumkucken
Gabi blöde [Kuh]
Warten   Bald
kucken   Auch   Du

Nicht gern hört die Krone der Schöpfung, dass auch Tiere Menschliches leisten. Das (gut belegte!) Phänomen malender Katzen, zählender Pferde und wahllos rammelnder Karnickel wird ebenso ignoriert wie die kürzliche sensationelle Entdeckung eines dichtenden Pavians durch die Wiener Tierpsychologin Gabi Ziegelwagner. Rund hundert mit Handzeichen dargestellte Begriffe kann »Schnucki« verstehen, rund dreißig selbst mitteilen, wobei der Dichter penibel auf Metrik und Gleichklang achtet: »Sommer Zoo heiß / wollen Eis / pups Sonne«, reimte er zwischen dem 3. und 16. Juli und erhielt auch gleich die Belohnung: ein saftiges Split von Langnese. Unisono feiern Kritiker wie Leser das Kraftvolle, vermeintlich Ungehobelte und in Wahrheit subversiv Animalische dieser oft komischen Reimlyrik, die sich ihrer Vorbilder durchaus bewusst ist. »Fressen Gut Gut / Trinken Vögeln Super / Vögeln Hunger / Läuse Jucken Wut // Fressen Satt / [Beim] Vögeln [wird] mein Ringel [-natz] [Er-] hard[t].« Kein Zweifel: Hier hat auch die lektorierende Ulla Berkéwicz ihr Meisterstück geliefert.

»Schnucki: Ich so wie ihr«, Suhrkamp Bibliothek, 329 €

TILMAN RAMMSTEDT

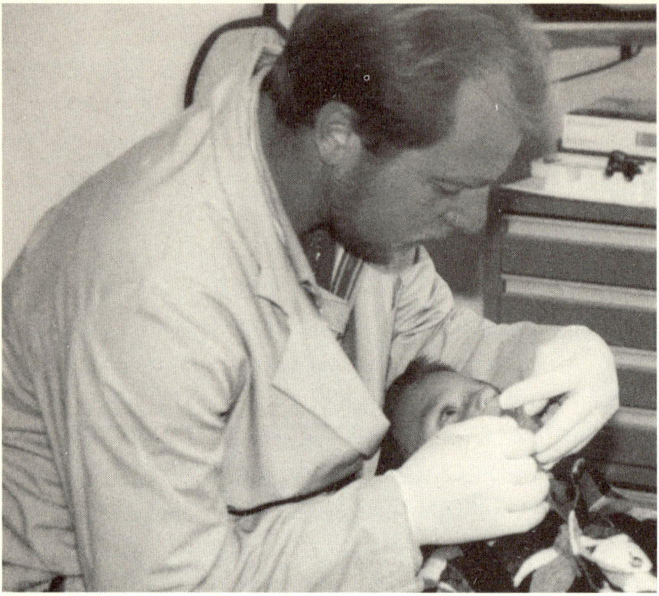

HEINZ-KONRAD BONN
AUG UM AUGE

Komm nur, Kind, in meine Praxis
Komm mit deinen faulen Zähnen
Leichenschwarz von Eis und Lutschern
Lege deinen Kopf nach hinten
Gut erreichbar für den Bohrer
Und den Kratzer und die Zange
Die mit starker Hand ich führe
Dich zu lehren dass sie weh tun
D e i n e S ü n d e n

Im Mai 2004 las ich dieses Gedicht erstmals und war sofort seltsam berührt. Drei kariöse Zähne hatte ich bei meinem kleinen Sohn entdeckt und saß nun in einer neueröffneten Praxis, die mir durchaus ungewöhnlich erschien. Es gab weder Empfangs- noch Wartezimmer noch auch Helferinnen; wir befanden uns mit Herrn Bonn und dem gerad behandelten Patienten in einem neonlichtverfluchten Raum und wurden Zeuge, wie energisch der Heiler mit dem auf Linderung Hoffenden verfuhr. Er schrie ihn an, drückte ihn in den Stuhl und gar kurz einmal den Hals zu, und ich wollte schon protestieren, als mein Blick auf das von schlichtem Holz gerahmte Wandgedicht fiel. Metrisch und rhythmisch streng, atmen die reimlosen Verse alttestamentarische Vergeltungsethik weit jenseits zeitgenössischer (Be-)Liebigkeit; fehlbar ist der Mensch und soll leiden an dem, das er mit teuflischer Gier verbrach. »Aug um Auge«: So heißt auch des Dentisten zweiter Lyrikband, der mit den Zeilen schließt: »Betäubt von all dem Schlechten / betäube ich nicht.« Noch heute kann mein Sohn ein Lied davon singen.

ULRICH HOLBEIN

WERNER PÖMPL
SOZIALNEIDLAND

Denk ich an Deutschland
in der
Nacht,
dann bin ich um den
Schlaf
gebracht

So lautet das bislang einzigste, aber geniale Gedicht des 19-jährigen Wahl-Starnbergers Werner Pömpl, und darum überrascht nicht im Geringsten, was der Sohn eines Münchner Edel-Anzugschneiders und dessen indischer Leihmutter kürzlich erlebte. Kaum nämlich war der irisierend irritierende und berührend, ja betörend verstörende Vers veröffentlicht (*Focus Money* 6/2007), klingelte es an der elterlichen Mahagonitür, und herein trat die Creme deutscher Literaturpreisjuroren – im Gepäck das, wovon andere Schreiberwürstchen nur träumen: neun Literaturpreise auf einmal! Und was macht das immer fröhliche Reimwunderkind? Stellt sich wie ein purer Profi in prima Pose, lächelt sein laszives Lächeln und präsentiert die properen Pokale (von links nach rechts): Büchnerpreis, Heine-Preis, Brecht-Preis – und erst gar nicht im Bild: Kästner-, Ringelnatz-, Benn-, Morgenstern-, Goethe- und Schnupperpreis. Um im Brecht-Ton zu enden: Chapeau, Herr Stroh! Und: weiter so!

DR. LEONHARD FISCHER

DAS EHEPAAR MÜLLER
ABDRUCK 3 / 10 / 08

ie
wieder
Krie

Ist das überhaupt ein Gedicht? Kaum auf den ersten Blick. Zwar scheint es extrem verdichtet, und die erste und dritte Zeile bilden einen Reim; doch was wollen uns die Dichter sagen? »ie / wieder / Krie« – fehlen da eventuell ein »N« und ein »g«? »Nie wieder Krieg!«, rief und ruft die deutsche Friedensbewegung, in welcher, und tatsächlich kommen wir der Sache auf die Spur, seit 1989 auch die Braunschweiger Monika und Peter Müller tätig sind. Demonstrieren freilich ist ihre Sache nicht mehr, seitdem sie während eines Irlandurlaubs mit dem »Peace Camping« eine Protestform entwickelten, die heimische Kärrnerarbeit findig transzendiert: Das wegen Peters Schnarchen getrennt schlafende Ehepaar verrückte, tags wie nachts, seine Zelte etwa stündlich (!) exakt so, dass die vom Zeltboden rührenden Grasabdrucke just jenen verzweifelten Ausruf »Nie wieder Krieg!« bildeten – gut lesbar zumal aus großer Höhe und, wie das vom Hubschrauber aus fotografierende Paar auf seiner Homepage betont, mithin eine klare Botschaft für »die da oben« – mit einer Einschränkung: »Die Gräser richteten sich vorne schneller wieder auf, als wir hinten eindrücken konnten – scheiße, aber na ja. Wir brauchen einfach mehr Leute! Meldet euch!«

Der Appell ist umso dringlicher, als das Paar aktuell auf kargem Wuchs peacecampt, der den Abdruck des Kampfes noch schneller, noch schonungsloser verwischt: »affen / mit immer weniger / Waff« liest bzw. las man, bestenfalls minutenlang, an Grönlands Sommerküste. Also: Meldet euch! (peacecamping@ehepaar-mueller.de)

BERND EILERT

JUGOR LABYTNANGI FLOWERPOWEROWSKA

Weg mit Krieg! Tote zu viel
Bein ab Arm ab kaputt Haus
So wir sagen: Krieg aus!
Und statt Bomben – Liebesspiel:

Mann mit Frau in Bett nackt
Streicheln schöne Worte Licht aus
Bald kommen Geschlechtsakt
Penis in Vulva reinraus
Dann endlich Eimer Schnaps und lachen
Statt Schüsse Küsse ins Genick –
Alle Menschen sollten machen
Liebe statt Krieg

»Nicht alle sind im selben Jetzt da«, schrieb der Philosoph Ernst Bloch in seinem Hauptwerk »Erbschaft dieser Zeit«, und Labytnangi wird es gelesen haben. Von aller Deutlichkeit das titelgebende, fast komisch wirkende Zitat der amerikanischen Friedensbewegung der 60er Jahre; von allem Ernst aber das Gedicht, dessen Autor Soldat in Tschetschenien war, bevor er desertierte und Asyl bekam an der kasachischen Nordgrenze, wo er und seine Muse ihre Tage nun am Ufer der Karasee verbringen und verlesen. »Make Love Not War«, skandiert der Dichter also erneut – und wer pflichtete ihm nicht bei? Pflöchte? Und musste denn Nixon nicht gehen? Stoppte nicht Protest den Vietnamkrieg? Also danken wir Labytnangi für seine Fortsetzung des Kampfes – und seinen Mut, die deutsche Übersetzung eigenhändig zu besorgen, wodurch die poetische Kraft des Originals mehr als erhalten blieb.

ELKE SCHMITTER

SAMOTH ALLESG
ALLES IST SCHEITEL

Was sind wir Menschen doch! Ein Wohnhaus dummer Haare,
Flanellig schlappt das Hemd, die Couch wie nie bestellt.
Wie kummersgram der Blick! So jung und schon zerschellt
Am Fels der Traurigkeit – ein Abbild falscher Jahre.

Das Lächeln steinern tot. Der Mund ist seine Bahre
Und trägt es stumm umher, ein Nichts in leerer Welt.
Die Fotoecken, ach! ein Hohn aufs Himmelszelt,
Und dieses Augenglas: ja gleichfalls nicht das Wahre.

Ihr Brillenfirmas all: Was baut ihr solche Wichse
Aus Haß und aus Kalkül, der Schönheit Leichenschmaus?
Beim Hoeneß, gibt's denn das! Welch teuflisches Gemixe!

So traget ihr die Schuld, daß Jugend letztlich fixe.
O kruzitürken eins, wie schau' ich schaurig aus –
Und trüg' ich Zöpfe noch: Ich gölt' auch gar als Schickse …

Scheinbar nichts stimmt in diesem Frühwerk des lettischen Nationaldichters. Ungelenke Gryphius-Tümelei wie »kummersgram«, »ach!« oder »gölt'« steht neben modernen Worten wie »flanellig«, »Wichse« und »Hoeneß«, wobei unklar bleibt, welcher der zwei schon damals berühmten Fußballbrüder angerufen werden soll, der Uli oder der Gerd; und warum überhaupt: Geht es dem 1958 Geborenen doch vielmehr um eine in den 1970er Jahren gängige Brillenbauweise, die sich durch dünne Rähmchen, bizarre Bügelkonstruktionen und eklatant übergroße Gläser auszeichnete und deren Gesamt auf Heranwichsenden in der Tat scheußlich aussah. In solcherlei Gemeinheit, ja Nickeligkeit der Mode das ewige Verhängnis der Pubertät und in ihr die (Sch)Eitelkeit allen Lebens zu erkennen, ist das Verdienst dieser Strophen, bei deren Lektüre wir Alternde die alte Scham neu spüren, denn wie Schicksen sahen wir doch alle aus in diesen schrecklichen Jahren.

HEINZ STRUNK

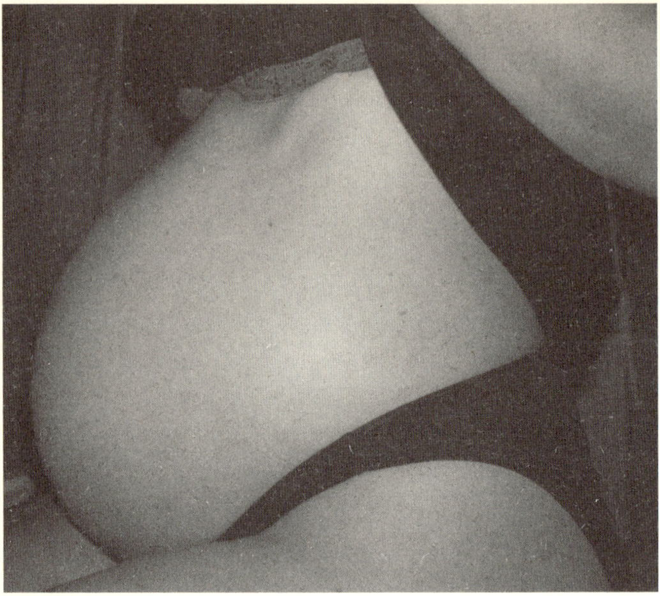

EVELYN PALIN
SOMA JOAN FORSTER 07–1

Eiskalter Regen. Starbuck's
Schreien und Lachen schockwirr
Sterngroße Augen todstier
Haut wie aus Wachs
Aufspringend schlägt sie die Faust
Auf mich auf den Tisch immerzu
(»Ich glaub's nicht! Na warte, du Kuh!«)
Sie rast –
Ihr Haar ist zerzaust

»Human Limit Lyrics« nennt die in Wasilla bei Anchorage/Alaska lebende Evelyn Palin ihre meist kurzen, formal modernen Texte, welche der δώμλ, dem somatischen Ausdruck extremer Gefühle nachspüren und alle auf identischer Anordnung beruhen: Die Dichterin stellt sich als Leihmutter zur Verfügung und lädt, jeweils zu Beginn des neunten Monats, die hoffnungsvollen Mütter in ein Café, in dem sich mehrere versteckte Kameras befinden. Gleich nach der Begrüßung behauptet Palin, sie habe den Fötus versehentlich längst abgetrieben und sei jetzt nur noch dick, weil sie gern fett und reichlich spachtele, sorry, es tue ihr echt saumäßig leid usw.; erst später löst sie den Scherz auf und verdichtet die je dezidiert konträren Reaktionen ihrer Gegenüber zu ergreifenden Stücken einer lyrischen *Comédie Humaine*. Auch ihre eigene Mutter und letzte republikanische Vizepräsidentschaftskandidatin Sarah Palin sei, als sie ihr von ihrer Kunst erzählt habe, augenblicklich vollkommen durchgedreht: »Soma Sarah 08« (aus: »Works 99–08«, Moewe): »Weinend brüllend hechelnd / Hysterie und Krampf / auf dem Boden röchelnd / Mutti im Todeskampf«, hehe – kaufen!

HANS MENTZ

CARDENALE CAMILLO RUINI
PAPA BENEDICT XVI

Es war, als hätt' der Himmel
Die Erde still geküsst,
Dass sie im Blütenschimmer
Von ihm nun träumen müsst'.

Dann fand aus Kindheitstagen
Ich dies sein Konterfei
Und möcht' die Worte wagen,
Dass er der Satan sei.

Als Kardinalvikar der Diözese Rom und Vorsitzender der italienischen Bischofskonferenz ging der heute 78-jährige Camillo Ruini mit einiger Zuversicht in die Papstwahl des Jahres 2005; und unterlag. Kaum vier Wochen später präsentierte dieser Mentor der *poesia cattolica* den neunten Band seiner »Geistlichen Gedichte«, der beides ist: zitat- und kenntnisreiche Hommage an unseren Joseph von Eichendorff wie haltlose Denunziation unseres Joseph Alois Ratzinger, den dieser ruinöse Rambo-Ruini zum Teufel erklärt nur wegen eines uralten Schnappschusses, auf dem, und so weit mögen wir folgen, das kleine Josephinchen in der Tat nicht allzu sauber, nicht allzu durch und durch human aussieht. Huch! Und je gebannter man draufguckt, desto leibhaftiger fuchtelt und grinst dieses Ding gar zurück! Liiiih!

HERMANN L. GREMLIZA

VICTOR MARIÁTEGUI
ALLES DARF DIE LIEBE

Wie der Samen der Vanille fliegen
Leuchten wie die Blüten der Cantua
Frei und stark sein wie der wilde Puma
In den Himmel wachsen wie Mesquiten
Fließen wie der Rio Uribamba
Tanzen darf sie und auf jedem Fest –
Lieb' die Liebe, schenk ihr ein Caramba
Auch wenn sie deine Liebste gehen lässt

Der Beginn weiß von der ewigen Schuld Spaniens gegenüber Peru und war vielleicht zu schön, um gut zu sein. Auf Autorensuche in den Grenzdörfern des Naturschutzgebiets Pacaya-Samiria wurde ein Madrilener Eine-Welt-Verleger von einem Bauern gebeten, ihm eine Probe seiner Lyrik zeigen zu dürfen. Der Verleger nickte, las – und weinte, denn alles war da: Bildsprache aus endemischer Flora und Fauna, die magische Kraft archaischer Metrik sowie eine Überwindung von Patriarchat und Besitzdenken, wie sie selbst in der spanischen Großstadtlinken kaum zu finden war. Schnell gingen sechs Euro Vorschuss über den Tisch, und wie groß erst die Freude, als der Dichter zusätzlich ein Tagebuch hervorzog, das eine noch indigenere Sprache sprach! »2.3.02. Könnte kotzen. Lässt sich meine Kuh von diesem feisten Weichei hobeln! 7.11.03. Hocken jetzt seit ewig hier auf dieser fuck Bröckeltreppe. Aber kein Wort mehr mit denen! 6.8.05. Gehört, Conquistador-Verleger auf Talentsearch; fix Reimschleim gespuckt mit Puma / Rio Uribamba & so, weiß der Wichser doch nicht, dass die hier nicht wachsen« – inzwischen trifft man sich vor Gericht. Männer …

ELFRIEDE JELINEK

UTE-ZAINAB BAUMGARTEN-SCHRUMPF
CASABLANCA MA MÈRE

Ein Leben leb ich in Hildesheim
Und lebte ein schönes im Sand
Wo ich neuen Reim
Und älteres Selber fand
Denn wieder war ich dort
Und spürte wieder: Vor tausend Jahren war ich hier
Die Kinder hießen Aicha und Jarood
Ich war das Tier
Und schwer die Last. Laut quietschten die Achsen
Davon zehr' ich in Niedersachsen

Unter den Anhängern der Wiedergeburtslehren genießt diese Lyrikerin kultische Verehrung, was überraschen mag, atmen ihre Gedichte doch einen lakonischen Realismus weit jenseits schwülstigen Bekennertums. Von weltlichen Orten geht die Rede, von »Sand«, von Menschen, ihren Namen und Erzeugnissen, deren Geräusche die Horchende erinnert: »Laut quietschten die Achsen«, wohlgemerkt »vor tausend Jahren«, als sie »das Tier«, das Kamel war und, daran lässt sie uns wunderbar teilhaben, auch durchaus schon die Baumgarten-Schrumpf, die sich den Zweitnamen Zainab zulegte nach ihrer ersten Marokkoreise vor vier Jahren, nach welcher sie notierte: »Mir scheint, das ist mehr im Blute / als Ute«. Bislang sieben Bände rekonstruieren ihre früheren Leben in Grönland, Hanau, Australien, Hanau, Simbabwe, wieder Hanau und nun also Marokko, und wir sind gespannt, welche Vergangenheiten diese Weitgereiste, Oftgelebte uns noch schenken wird.

JAN PHILIPP REEMTSMA

JASTRZEBIA GORA
LASST UNS GEHEN

  [^^   ]
[^^   ]
     [^^   ]
                   ^^
[   ]   ^^
   [^^   ]
           ^^
 [   ]

Hier und da gebären kleine Städte überlebensgroße, übersterbensgroße Kinder. Jastrzebia Gora ist die nördlichste Stadt Polens und Wohnort wie gleichsam Name der drei gegenwärtig weltweit populärsten Lyriker. Ein Gedicht, ein einziges Gedicht gibt es von ihnen, kein Buch, keinen Verlag, auch keine Zeitung, in der es je zu lesen gewesen wäre, eigentlich gibt es nicht einmal dieses Gedicht, denn es enthält keine Worte. Man könnte es Bild nennen, eines ohne Leinwand, ohne materiellen Ort, gewoben aus Zeichen, veröffentlicht Ende 2007 im Internet und seitdem Mantra und Signum der besseren Jugend der Welt. Seine Botschaft lautet: Der Menschen Worte sind genug, der leeren unnützen Worte, es ist vorbei, nach uns die Tiere. »Wir sind nicht wie die Zugvögel verständigt«, hieß es bei Rilke, doch nun verständigt sich annähernd eine Milliarde junger Menschen über dieses Gedicht, sie nennen sich »Goristen«, betreiben das vielleicht für immer größte Forum der Welt, ein verschlüsseltes, und dennoch weiß man, dass sie, bald schon, alle gleichzeitig die Luft anhalten, bis zum Ende, überall auf der Welt. Sie ziehen den würdigen Abschied dem unwürdigen Rauswurf vor, und uns wird nichts bleiben, als sie gehen zu lassen.

IJOMA MANGOLD

Daniel Haas

Desperado

Abenteuer eines Glückssuchers

Originalausgabe

ISBN 978-3-548-26928-3
www.ullstein-buchverlage.de

In einem Jahr 40 – der Countdown des Schreckens läuft. Klar, dass für den urbanen Single und Medienprofi Martin bis zum Stichtag die drängenden Fragen geklärt werden müssen: Wie will ich leben? Welche Werte zählen in Liebe, Freundschaft, Sex, Beruf? Und wie kann ich die heimlich geliebte, tolle Kollegin erobern? Martin stürzt sich ins Leben. Selbst ist der moderne Mann – und zwar immer wieder ein anderer. Von Naturliebhaber bis Zocker, von Purist bis Tierfreund. In einem Modell muss ja der Schlüssel zum Glück liegen.

Das Buch zur neuen Kolumne auf *SPIEGEL ONLINE*!

ullstein

UB514

Günther Willen

Niveau ist keine Hautcreme

Gepflegte Sprüche für alle Lebenslagen

Originalausgabe

ISBN 978-3-548-37226-6
www.ullstein-buchverlage.de

Gehts noch? Ein Strauß fröhlicher Wendungen und Redensarten aus dem gemeinen Wortschatz der Deutschen in einem Buch – übersichtlich gegliedert und säuberlich geordnet. Da beißt die Maus keinen Faden ab: Dieser moderne Sprach- und Sprücheführer ist ein unentbehrlicher Begleiter auf dem Trampelpfad durch die wunderbare Welt der Phrasen, Kalauer und Floskeln – von der Wiege bis zur Bahre. Aber hallo!

»Dereinst wirst du dich für jeden Kalauer, den du dir verkniffen hast, vor deinem Schöpfer verantworten müssen.« *Harry Rowohlt*

Uli Hannemann

Neulich in Neukölln

Notizen von der Talsohle des Lebens

Originalausgabe

ISBN 978-3-548-26818-7
www.ullstein.buchverlage.de

Uli Hannemann hat es gewagt. Er ist nach Neukölln gezogen. Ja genau, Berlin-Neukölln – jener berüchtigte Bezirk, der seit Monaten durch die Medien geistert: als Beispiel für den Niedergang deutscher Innenstädte, als Hartz-IV-Kapitale, als sozialer Brennpunkt. Wie es ist, hier zu leben, davon berichtet Hannemann in seinen kleinen, aber feinen Schnappschüssen vom täglichen Wahnsinn – mit viel Biss und einer guten Portion anarchischem Humor.

»Der Taxifahrer und Berliner Lesebühnenstar überhöht in seinen Texten den Alltag, setzt Pointen und schafft so wahnwitzige Grüße aus der Hölle, die Leben heißt.« *Die Tageszeitung*

US274

ullstein